VENTE

du Vendredi 27 Mai 1913

Hôtel Drouot, Salle n° 9

Collection du graveur L. B.

Très Beaux Livres Modernes

Albums de Gravures

M° Jules HUGUET
M° A. DESVOUGES } Commissaires-Priseurs

M. A. DUREL, Libraire-Expert

CATALOGUE

D'UN CHOIX DE

TRÈS BEAUX LIVRES MODERNES

ET D'

ALBUMS DE GRAVURES

en épreuves uniques

LA VENTE AURA LIEU

LE MARDI 27 MAI 1913

A trois heures de l'après-midi

HOTEL DES COMMISSAIRES-PRISEURS, 9, RUE DROUOT

Salle n° 9, au premier étage

Par le Ministère de M⁰ JULES HUGUET, Commissaire-Priseur

4, Rue Pasquier

et de M⁰ ANDRÉ DESVOUGES, son Confrère

Successeur de Mʳ MAURICE DELESTRE

26, Rue de la Grange-Batelière, 26 (IXᵉ)

Assistés de M. A. DUREL, Libraire-Expert

18, Rue de l'Ancienne-Comédie (angle du boulevard St-Germain)

☞ *Exposition particulière à la Librairie A. Durel, 18, rue de l'Ancienne-Comédie, tous les jours de deux à cinq heures, jusqu'au 23 Mai 1913.*

CONDITIONS DE LA VENTE

La vente se fera au comptant.

Les acquéreurs paieront **10 p. 100** en sus des enchères.

Les livres devront être collationnés dans les vingt-quatre heures de l'adjudication. Passé ce délai, ils ne seront repris pour aucune cause.

M. A. DUREL, chargé de la vente, remplira aux conditions d'usage, les commissions des personnes qui ne pourraient y assister.

M. A. DUREL se réserve la faculté, dans l'intérêt de la vente, de réunir ou de diviser les numéros du Catalogue.

CATALOGUE

D'UN CHOIX DE

TRÈS BEAUX LIVRES MODERNES

ET D'

ALBUMS DE GRAVURES

PARIS

A. DUREL

Libraire du Ministère de la Justice

18, RUE DE L'ANCIENNE-COMÉDIE, 18

ANGLE DU BOULEVARD SAINT-GERMAIN (VIᵉ ARR.)

1913

CATALOGUE

D'UN CHOIX DE

TRÈS BEAUX LIVRES MODERNES

ET D'

ALBUMS DE GRAVURES

en épreuves uniques

1. **Adam** (Mme) (Juliette Lamber). La Chanson
des Nouveaux Epoux. Edition ornée d'un
portrait (gravé par Burney), et de dix eaux-
fortes (de MM. Abot, Boisson, Boulard fils,
Courtry, Duvivier, Lefort, Mercier, Mosanto,
Vion, Yon, sous la direction de M. Laguiller-
mie, d'après les dessins de MM. B. Constant,
Ed. Detaille, G. Doré, J.-P. Laurens, Toudou-
ze, etc.). *Paris, L. Conquet,* 1882, in-4, br.,
couv. dans le carton. de l'éditeur.

Exemplaire du graveur, tiré sur **papier de Hollande.**

2. **Asselineau** (Charles). L'Enfer du Bibliophile. Six pointes sèches (en couleurs), par Léon Lebègue. *Paris, Librairie L. Conquet, L. Carteret et C^{1e}, succ^{rs}*, 1905, in-8, demi-rel. dos et coins de mar. rouge, dos orné, fil., tête dor., non rog., couv. (*Champs-Stroobants*).

> L'un des exemplaires tirés sur **papier vélin**, contenant les illustrations en **2 états** (avant la lettre, en noir, et avec la lettre, en couleurs).

3. **Balzac**. Le Colonel Chabert, avec un portrait et 6 compositions de Delort, gravées par Boisson. *Paris, Calmann-Lévy*, 1886, pet. in-8, cart. dos et coins de mar. gris souris, dos orné, fil., tête dor., non rog. (*Champs*).

> L'un des **225** exemplaires tirés sur **papier vélin du Marais**. Exemplaire du graveur, contenant **trois états** des planches, dont les **eaux-fortes pures** et les **avant la lettre**.

4. **BALZAC**. **La Femme de trente ans**, couverture illustrée et 35 compositions par A. Robaudi, gravées au burin et à l'eau-forte par Henri Manesse. *Paris, Librairie L. Conquet, L. Carteret et C^{1e}, succ^{rs}*, 1902, in-8, fig., cart. dos et coins de mar. bleu foncé, dos orné, fil., non rog., couv. illust. (*Carayon*).

> L'un des exemplaires tirés spécialement sur **papier du Japon**, contenant les illustrations en **2 états** (avant la lettre et avec la lettre).
> **Aquarelle originale de A. Robaudi**, l'illustrateur du livre.

5. **BALZAC. Une Ténébreuse Affaire**. Couverture illustrée et 28 compositions par François Schommer, gravées au burin et à l'eau-forte par Léon Boisson. *Paris, L. Carteret*, 1909, gr. in-8, mar. brun, compart. de fil. et ornements dorés sur le dos et encadrant les plats, doublé de mar. rouge, fil. dor. et au pointillé avec dentelle et bande de mar. vert avec ornements dor., formant cadre, gardes d'étoffe de soie rouge, doubles gardes, tr. dor. sur broch., couv. illust., chemise de mar. brun, étui (*Mercier, succ. de Cuzin*).

> Exemplaire tiré spécialement sur **papier du Japon** pour M. Léon Boisson, graveur des illustrations, avec envoi de l'éditeur, et contenant les eaux-fortes en **3 états** : eau-forte pure et avant la lettre avec remarques, et avec la lettre.

6. **Banville** (Théodore de). Diane au bois. Comédie héroïque en deux actes en vers. Lithographies originales de Maurice Eliot. *Paris, L. Carteret*, 1911, in-4, cart. dos et coins de mar. bleu, dos orné et mosaïq., fil., non rog., couv. (*Stroobants*).

> L'un des exemplaires tirés sur **papier vélin.**

7. **Banville** (Théodore de). Gringoire, comédie en un acte, en prose. Un portrait et quatorze compositions de J. Wagrez, gravées à l'eau-forte par L. Boisson. *Paris, Librairie L. Conquet, L. Carteret et Cie, succ^{rs}*, 1899, gr. in-8,

fig., cart. dos et coins de mar. rouge, dos orné, fil., non rog., couv. illust.

Exemplaire du graveur, tiré sur **papier du Japon**, contenant les illustrations en **3 états**, dont l'eau-forte pure.
Envoi autographe de l'éditeur.

8. **Bergeret** (Gaston). Journal d'un Nègre à
l'Exposition de 1900. Soixante-dix-neuf aquarelles originales de Henri Somm. *Paris, L.
Carterel et C*ie, 1901, pet. in-8, pap. vélin,
cart. dos et coins de mar. citron, dos orné
et mosaïq., fil., non rog. couv. illust. en coul.
(*Carayon*).

Envoi autographe de l'éditeur.

9. **Boileau.** Œuvres poétiques, avec une intro-
duction et des notes par F. Brunetière. Eaux-
fortes par Mme Louveau-Rouveyre, MM.
Abot, Boilvin, Champollion, Courtry, L. Flameng, Lalauze, Lerat, Waltner, etc., d'après
Mme Madeleine Lemaire, MM. Bida, C. Bou-
langer, Chevignard, F. Flameng, Hédouin,
J. Le Blant, Maignan, Vibert, etc. *Paris,
Hachette et C*ie, 1889, gr. in-4, cart. dos et
coins de percal. bleue, non rog. (*Carayon*).

Exemplaire de collaborateur.

10. **Caylus** (Souvenirs de Mme de). Préface par
Voltaire. Notice de M. de Lescure. Nouvelle
édition illustrée par Lionel Péraux, gravures

au burin et à l'eau-forte par Léon Boisson. *Paris, L. Carterel*, 1908, in-8, cart. dos et coins de mar. rouge, dos orné et mosaïqué, fil., non rog., couv. illust. en coul. (*Champs-Stroobants*).

L'un des exemplaires tirés sur **papier du Japon**, contenant les illustrations en **3 états**, dont l'eau-forte pure et l'avant-lettre avec remarque.
Envoi de l'éditeur.

11. **Claretie** (Jules). La Corde. Illustrations de Ch. Jouas, gravées par Boisson. *Paris, Imprimé pour les Amis des Livres, par Chamerol et Renouard*, 1901, pet. in-8, cart. dos et coins de mar. bleu, dos orné, fil., non rog., couv. (*Carayon*).

Tiré à **125** exemplaires numérotés (n° 114).
Publié par les soins de M. Henri Béraldi.
Exemplaire du graveur.

12. **Compan** (Mme). Mémoires de Madame Compan sur la vie privée de Marie-Antoinette. Préface de René Vallery-Radot. Soixante-trois compositions de Ad. Lalauze, gravées au burin et à l'eau-forte par Léon Boisson. *Paris, L. Carterel*, 1910, 2 vol. pet. in-8, cart. dos et coins de mar. rouge, dos ornés et mosaïqués, fil., non rog., couv. illust. en coul. (*Stroobants*).

Exemplaire du graveur, tiré sur **papier du Japon**, et contenant les illustrations en **3 états**, dont l'eau-forte pure et l'avant-lettre avec remarques.

13. Constant (Benjamin). Adolphe. Portrait gravé par Courboin d'après Desmarais. Préface par Paul Bourget. *Paris, L. Conquet,* 1889, in-12, cart. dos et coins de mar. rouge, dos orné, fil., non rog. couv. (*Carayon*).

L'un des **200** exemplaires tirés sur **papier vélin du Marais,** non mis dans le commerce.
Envoi autographe de l'éditeur.

14. COPPÉE (François). **Le Passant**, comédie en un acte, en vers. Reproduction en fac-simile du manuscrit de l'auteur et d'une page de musique de J. Massenet. Compositions de Louis-Edouard Fournier, eaux-fortes de Léon Boisson. *Paris, A. Magnier,* 1897, gr. in-8, cart. dos et coins de mar. citron, dos orné et mosaïq. fil., non rog., couv. illust. (*Champs-Stroobants*).

Exemplaire du graveur, tiré sur **papier de Chine,** contenant les illustrations en **4** états dont l'eau-forte pure.

15. Coppée (François). Le Passant, comédie en un acte, en vers, Reproduction en fac-simile du manuscrit de l'auteur et d'une page de musique de J. Massenet. Compositions de Louis-Edouard Fournier, eaux-fortes de Léon Boisson. *Paris, A. Magnier,* 1897, gr. in-8, demi-rel. dos et coins de mar. rouge, dos orné et mosaïq., fil., non rog., couv. illust. (*Champs-Stroobants*).

Exemplaire tiré sur **papier vélin de cuve,** contenant une **triple suite** des eaux-fortes.

16. **Daudet** (Alphonse). Le Roman du Chaperon-Rouge. Neuf lithographies originales de Louis Morin. *Paris, L. Carteret et C^{le}*, 1903, gr. in-8, cart. dos et coins de mar. La Vallière, dos orné et mosaïqué, fil., non rog., couv. illust. en coul. (*Carayon*).

> Exemplaire de grand choix, tiré sur **papier vélin du Marais**.
> Envoi autographe de l'éditeur.

17. **Esparbès** (Georges d'). La Légende de l'Aigle. Compositions de François Thévenot, gravées par Florian et Romagnol. *Paris, Librairie de la Collection des Dix, A. Romagnol, Directeur*, 1901, in-4, cart. dos et coins de mar. vert, dos orné, non rog., couv. illust. (*Carayon*).

> L'un des **35** exemplaires tirés sur **papier du Japon** (n° 84) contenant le **tirage à part**, sur **Japon**, de toutes les gravures sur bois.

18. **Fabre** (F.). L'Abbé Tigrane candidat à la papauté, 1 portrait d'après J. P. Laurens et 20 eaux-fortes originales de E. Rudaux. *Paris, L. Conquet*, 1890, in-8, cart. dos et coins de mar. rouge, dos orné et mosaïqué, fil., non rog., couv. (*Stroobants*).

> L'un des **75** exemplaires tirés sur **papier du Japon** (n° 125).

19. **Feuillet** (Octave). Le Village. Scène provinciale. Préface de Mme Octave Feuillet.

Aux dépens de la Société normande du Livre illustré. (Paris, imprimé par Philippe Renouard), 1900, pet. in-8, orné de 4 compositions de Albert Dawant, gravées au burin par Boisson, cart. dos et coins de mar. grenat, dos orné, fil., non rog., couv. (*Carayon*).

Tirage unique à **143** exemplaires sur papier vélin (n° 27).

Exemplaire du graveur, contenant les illustrations en **3 états**, dont l'eau-forte pure.

20. **France** (Anatole). Balthasar et la reine Balkis. Aquarelles originales d'après Henri Caruchel. *Paris, L. Conquet, L. Carteret et Cie, succ^{rs}*, 1900, in-8, cart. dos et coins de mar. La Vallière, dos orné et mosaïq., fil., non rog., couv. illust. en coul. (*Carayon*).

Exemplaire tiré sur **papier vélin du Marais**.
Envoi autographe de l'éditeur.

21. **FRANCE** (Anatole). **Thaïs**. Compositions de Paul-Albert Laurens, Gravures à l'eauforte de Léon Boisson. *Paris, Librairie de la Collection des Dix*, 1900, gr. in-8, fig., et album gr. in-8 carré : Ensemble : 2 vol., cart. dos et coins de mar. citron, dos ornés, fil., non rog., couv. illust. (*Carayon*).

Exemplaire du graveur Léon Boisson, tiré sur **papier vélin fort**, contenant :
1° La suite des illustrations avec la lettre ;
2° une lettre autographe de Paul-Albert Laurens, l'illustrateur du livre ;

Et dans l'album :

3° la suite de toutes les épreuves d'artiste en divers états (eau-forte pure ; états intermédiaires et avant la lettre, avec remarques), épreuves à toutes marges, en noir et en bistre (**120 pièces**).

22. FRANCE (Anatole). Suite des compositions de Paul-Albert Laurens, gravées à l'eau-forte par Léon Boisson, pour l'illustration de « **Thaïs** ». (*Paris, Librairie de la collection des Dix ; A. Romagnol*, 1900) ; épreuves d'artiste à toutes marges, sur Japon, en 1 album gr. in-4, cart. dos et coins de mar. citron, dos mosaïqué, fil. non rog. (*Champs-Stroobants*).

Épreuves d'artiste, en **2 états**, avec la signature du graveur.
Ensemble : 122 pièces.

23. Freudeberg. Estampes de Freudeberg pour le Monument du Costume, gravées par Dubouchet. *A Paris, chez L. Conquet, 5 rue Drouot,* 1883, album de 12 planches dont 1 titre et 1 portr., in-4, cart. dos et coins de mar. citron, dos orné et mosaïqué, fil., non rog. (*Champs-Stroobants*).

Épreuves à grandes marges, sur Hollande, avec la légende tirée à part sur papier de soie.

24. — Moreau le Jeune. Estampes de Moreau le Jeune, pour le Monument du Costume, gravées par Dubouchet. *A Paris, chez L. Conquet,* 1881, suite des planches sur Hollande, à grandes marges, montées sur onglets en un album gr. in-8, cart. dos et coins de mar. La Vallière, dos orné et mosaïqué, fil., non rog. (*Champs-Stroobants*).

25. **GAUTIER** (Théo.). **Emaux et Camées.** Cent douze dessins de Gustave Fraipont. Préface par Maxime Du Camp, de l'Académie française. *Paris, L. Conquet*, 1887, in-18, cart. dos et coins de mar. orange, dos orné, fil., non rog., couv. illust. en coul.

> L'un des exemplaires tirés sur **papier vélin du Marais.**
> Envoi autographe de l'éditeur.

26. **GAUTIER** (Théo.). **Le Roman de la Momie.** Quarante-deux compositions originales de Alex. Lunois, gravées au burin et à l'eau-forte par Léon Boisson. *Paris, L. Conquet, L. Carteret et C*^{ie}, *succ*^{rs}, 1901, in-8, mar. citron, dos et plats ornés ; à l'intér. large bande de mar. citron avec fil. et ornements dor., tr. dor. sur broch., couv. illust. en coul. chemise de mar. bleu, étui. (*Chambolle-Duru*).

> Exemplaire tiré sur **papier du Japon**, offert par l'éditeur au graveur Léon Boisson, et contenant les illustrations en **3 états** dont l'eau-forte pure.

27. **GAUTIER** (Théo.). Suite des compositions de Alex. Lunois, gravées à l'eau-forte par L. Boisson, pour illustrer le « **Roman de la Mo-**

mie ». (*Paris, L. Carlerel el C*^{1e}, 1901) ; épreuves à toutes marges, sur vélin du Marais,
montées sur onglets en un album gr. in-4,
cart. dos et coins de mar. citron, dos orné et
mosaïqué, fil., non rog. (*Carayon*).

> Collection d'**épreuves d'artiste en 3 états avec remarques**
> et signature du graveur, dont l'eau-forte pure.
> **Ensemble : 120 pièces.**

28. **Gérard de Nerval**. La Main enchantée.
Préface de Jules de Marthold. Illustré d'un
portrait et de 24 compositions par Marcel
Pille, gravées au burin et à l'eau-forte par
Le Sueur et Manesse. *Paris, Librairie L. Con-
quel, L. Carlerel el C*^{1e}, *succ*^{rs}, 1901, in-12, cart.
dos et coins de mar. grenat, dos orné, fil. non
rog., couv. (*Carayon*).

> Exemplaire tiré sur **papier du Japon** et non mis dans
> le commerce, contenant les illustrations en **2 états** (avant
> et avec la lettre).

29. **Gérard de Nerval**. Sylvie. Souvenirs du
Valois. Préface par Ludovic Halévy, 42 compositions dessinées et gravées à l'eau-forte
par Ed. Rudaux. *Paris, L. Conquel*, 1886,
in-12, pap. vélin, demi-rel. dos et coins de
mar. rouge, dos orné et mosaïq., fil., tête dor.,
non rog., couv. (*Champs*).

> Tirage à 1.000 exemplaires — planches effacées — (n°
> 795).
> Envoi autographe de L. Carteret.

30. **Halévy** (Ludovic). La Famille Cardinal.
Illustrations hors-texte et dans le texte] de
Charles Léandre. *Paris, Teslard*, 1893, in-8,
pap. vélin, demi-rel. dos et coins de mar. bleu
foncé, dos orné et mosaïqué, fil., tête dor.,
non rog., couv. illust. (*Champs-Stroobants*).

31. **Halévy** (Ludovic). Karikari. Aquarelles
d'après Henriot. *Paris, L. Conquet*, 1887,
in-18, cart. dos et coins de mar. citron, dos
orné et mosaïq., fil., non rog., couv. illust. en
coul. (*Carayon*).

> Édition non mise dans le commerce.
> Exemplaire tiré sur **papier du Japon**.

32. **HAMILTON** (Antoine). **Mémoires du
comte de Grammont**. Un portrait de A.
Hamilton, et trente-trois compositions de
C. Delort, gravés au burin et à l'eau-forte par
L. Boisson. Préface de H. Gausseron. *Paris,
L. Conquet*, 1888, gr. in-8, cart. dos et coins de
mar. grenat, dos orné et mosaïq., fil., non rog.
couv. illust.

> Exemplaire du graveur, tiré sur **papier du Japon** et
> contenant les illustrations en **3 états** dont l'eau-forte pure.

33. **HAMILTON** (Antoine). Collection des illustrations de C. Delort, gravées au burin et à
l'eau-forte par L. Boisson pour l'illustration
des « **Mémoires du Comte de Grammont** ».
(*Paris, L. Conquet*, 1888). Epreuves d'artiste

à toutes marges montées sur onglets, en 1 album gr. in-4, cart. dos et coins de mar. grenat, non rog.

> Très belle collection comprenant les états successifs des planches, en **3, 4 et 5 états**, à toutes marges, avec la signature du graveur.
> **Ensemble : 158 pièces.**

34. **Hennique** (Léon). Deux Patries. Drame en cinq tableaux dont un prologue. Nouvelle édition illustrée de compositions originales par Bertrand, gravées au burin et à l'eau-forte par Léon Boisson. *Paris, L. Carteret et Cie*, 1903, in-8, cart. dos et coins de mar. bleu, dos orné, fil., non rog., couv. illust. (*Carayon*).

> Exemplaire du graveur Léon Boisson, tiré sur **papier du Japon**, contenant les illustrations en **3 états**, dont l'eau-forte pure avec remarque, et enrichi d'une lettre autographe signée de Mademoiselle Bertrand, l'illustrateur du livre.
> Envoi autographe de l'éditeur.

35. **Hennique** (Léon). Suite des compositions originales de Bertrand, gravées à l'eau-forte et au burin par Léon Boisson, pour l'illustration de « **Deux Patries** ». (*Paris, L. Carteret et Cie*, 1903 ; épreuves d'artiste à toutes marges, sur Japon et sur vélin, montées sur onglets en 1 album in-4, cart. dos et coins de mar. bleu, non rog. (*Champs-Stroobants*).

> Epreuves d'artiste en **3 états avec remarque** et **signature du graveur**, dont l'eau-forte pure.
> **Ensemble : 33 pièces.**

36. **Hugo** (Victor). Hernani. Drame en cinq actes. Un portrait d'après Devéria et Quinze compositions de Michelena, gravées à l'eau-forte par Boisson. *Paris, L. Conquet, 1890,* gr. in-8, cart. dos et coins de mar. bleu-foncé, non rog., couv. (*Carayon*).

> Exemplaire du graveur Léon Boisson, tiré sur **papier du Japon** et contenant les illustrations en **3 états** (eau-forte pure ; avant la lettre ; et avec la lettre).
> Envoi autographe de l'éditeur.

37. **HUGO** (Victor). Suite du portrait et des compositions de Michelena, gravées à l'eau-forte par L. Boisson, pour l'illustration de « **Hernani** ». (*Paris, L. Conquet, 1890*) ; épreuves à toutes marges, montées sur onglets en album gr. in-4, cart. dos et coins de mar. bleu foncé, non rog. (*Carayon*).

> Epreuves d'artiste en **2, 3, 4, 5 et 6 états**, à toutes marges, avec signature du graveur.
> **Ensemble : 54 pièces.**

38. **Hugo** (Victor). Edition nationale. L'Homme qui rit. *Paris, Emile Testard,* 1892, 2 vol. in-4, illustrations de C. Delort, gravées par Boisson, hors-texte et dans le texte, cart. dos et coins de mar. orange, dos ornés, fil., non rog. (*Carayon*).

> Exemplaire du graveur, contenant les illustrations en **2 états** : avec la lettre ; et épreuves d'artiste avant la lettre avec remarque et signature de l'artiste.

39. **HUGO** (Victor). Suite des compositions de C. Delort, gravées à l'eau-forte par Boisson, pour l'illustration de « **L'Homme qui rit** ». Edition Nationale. *Paris, Testard* ; planches à toutes marges montées sur onglets en 1 album gr. in-4, cart. dos et coins de mar. orange. non rog. (*Carayon*).

> Epreuves d'artiste, à toutes marges, (avec signature du graveur,) en **2 états**, (eau-forte pure avac remarque et avant la lettre avec remarque).
> **Ensemble : 164 pièces.**

40. **Hugo** (Victor). Edition nationale. Le Rhin. *Paris, Emile Testard*, 1895, 2 vol. in-4, illustrations dans le texte et hors-texte, cart. dos et coins de mar. bleu, dos ornés, fil., non rog., couv. (*Carayon*).

41. **Hugo** (Victor). Ruy Blas, drame en cinq actes, par V. Hugo, 1 portrait et 15 compositions de Adrien Moreau, gravés à l'eau-forte par Champollion. *Paris, L. Conquet*, 1889, gr. in-8, cart. dos et coins de mar. rouge, dos orné, fil., non rog., couv. (*Carayon*).

> L'un des exemplaires tirés sur **papier du Japon.**
> Envoi autographe de l'éditeur.

42. **Lacroix** (Paul). Ma République, précédée d'un à propos de l'auteur. Sept eaux-fortes originales de Ed. Rudaux. *Paris, Librairie L. Conquet, L. Carteret et Cie, succ^{rs}*, 1902, pet.

in-8, fig., cart. dos et coins de mar. rouge, dos
orné, fil., non rog., couv. (*Carayon*).

L'un des exemplaires tirés sur **papier du Japon**, contenant les figures en double épreuve : avant la lettre et
avec le nom de l'artiste.

43. **Larousse**. Grand Dictionnaire universel du
XIXe siècle, français, historique, géographi-
que, mythologique, bibliographique, littérai-
re, scientifique, etc., etc. *Paris, Librairie Larousse el Boyer*, 16 vol. in-4, demi-chag. vert,
plats toile, tr. jaspées.

44. **Longus**. Daphnis et Chloé. Traduction P.-L.
Courier. Compositions dessinées et gravées à
l'eau-forte par Paul Avril. *Paris, L. Conquet*,
1898, in-16, cart. dos et coins de mar. bleu
foncé, dos orné et mosaïq., fil., non rog., couv.
(*Carayon*).

L'un des **50** exemplaires tirés sur **papier du Japon** (n°
80) contenant les illustrations en **2 états**, dont l'avant-
lettre.

45. **Loti** (Pierre). La Chanson des Vieux Epoux.
Aquarelles d'après Henry Somm. *Paris, Li-
brairie Conquet, L. Carteret et Cie succ^{rs}*, 1899,
in-16, cart. dos et coins de mar. rouge, dos
orné, fil., non rog., couv. illust. en coul. (*Carayon*).

Edition originale, avec la couverture illustrée.
L'un des exemplaires tirés sur **papier du Japon**, non mis
dans le commerce.
Envoi autographe de l'éditeur.

46. MARBOT (Général Baron de). **Austerlitz.**
Vingt et une aquarelles originales de Alex. Lunois gravées en couleurs au repérage par Léon
Boisson. *Paris, Librairie L. Conquet, L. Car-*
teret et Cie, succ^rs, 1905, in-4, mar. vert empire
à long grain, dos orné, large dent. encadrant
les plats, doublé d'étoffe de soie rouge, bande
de mar. vert empire et ornements dor., gardes
d'étoffe de soie rouge, tr. dor. sur broch., couv.
illust. en coul., étui (*Canape*).

> Exemplaire tiré spécialement pour le graveur Léon
> Boisson, enrichi d'un envoi de l'éditeur et d'une lettre
> autographe signée de Alexandre Lunois, l'illustrateur du
> livre.

47. Maupassant (Guy de). Boule de suif. Compositions de François Thévenot, gravures sur
bois de A. Romagnol. *Paris, A. Magnier,* 1897,
cart. dos et coins de mar. citron, dos orné et
mosaïq., fil., tête dor., non rog., couv. illust.
(*Champs-Stroobants*).

48. Maupassant (Guy de). Ce Cochon de Morin. Aquarelles originales par Henriot, gravées
en couleurs typographiques. *Paris, L. Carte-*
ret, 1909, gr. in-8, cart. dos et coins de mar.
rouge, dos orné et mosaïq., fil., non rog.,
couv. illust. en coul. (*Stroobants*).

> Exemplaire tiré sur **papier du Japon**.
> Envoi autographe de l'éditeur.
> Carte de bonne année, gravée par Vanteyne ajoutée.

49. **Maupassant** (Guy de). L'Héritage. Vingt
et une compositions originales de Maurice
Eliot, gravées à l'eau-forte par L. Ruet. *Paris,
L. Carteret*, 1907, gr. in-8, cart. dos et coins
de mar. La Vallière, dos orné et mosaïqué, fil.,
non rog., couv. (*Champs-Stroobants*).

> Exemplaire tiré sur **papier du Japon**, contenant les il-
> lustrations en **2 états**, dont l'épreuve avant la lettre.
> Envoi autographe de l'éditeur.

50. **Maupassant** (Guy de). La Petite Roque.
Vingt-trois eaux-fortes originales de Alexan-
dre Lunois. *Paris, L. Carteret*, 1907, gr. in-8,
cart. dos et coins de mar. rouge, dos orné et
mosaïq., fil., non rog., couv. (*Champs-Stroobants*).

> Exemplaire tiré sur **papier vélin**.
> Envoi autographe de l'éditeur.

51. **Mérimée** (Prosper). Colomba. Soixante-trois
compositions originales de Daniel Vierge,
gravées sur bois par Noël et Paillard. Préface
de Maurice Tourneux. *Paris, L. Conquel, L.
Carteret et C*ie, *succ*rs, 1904, gr. in-8, fig., cart.
dos et coins de mar. rouge, dos orné et mosaïqué, fil., tête dor., non rog., couv. illust. en
coul. (*Champs-Stroobants*).

> L'un des exemplaires tirés sur **papier du Japon**.
> Envoi autographe de l'éditeur.

52. MÉRIMÉE (Prosper). **La double Méprise**. Aquarelles originales par Bertrand, imprimées en couleurs. *Paris, L. Carteret et C*[ie], 1902, in-4, cart. dos et coins de mar. vert, dos orné et mosaïq., fil., non rog., couv. (*Champs-Stroobants*).

> **Tirage unique** à **150** exemplaires sur **papier vélin** des papeteries du Marais.
> Envoi autographe de l'éditeur.

53. Michelet. Histoire de France. Nouvelle édition, revue et augmentée, avec illustrations par Vierge. *Paris, Librairie Abel Pilon. — A. Le Vasseur, succ., s. d.*, 19 vol. — Histoire de la Révolution Française ; *ibid.*, 9 vol. — Ensemble : 28 vol. in-8, fig., br., couv.

54. Moreau (Hégésippe). Le Myosotis. Petits Contes et Petits Vers. Nouvelle édition illustrée de Cent trente-quatre compositions de Robaudi, gravées sur bois par Clément Bellenger, préface par André Theuriet. *Paris, L. Conquet*, 1893, gr. in-8, pap. vélin du Marais, demi-rel. dos et coins de mar. vert, dos orné et mosaïqué, fil., tête dor., non rog., couv. illust. en coul. (*Champs-Stroobants*).

> Tirage à **500** exemplaires (n° 284).

55. Morin (Louis). Vieille Idylle. Douze pointes sèches et vingt ornements typographiques par l'auteur. *Paris, L. Conquet,* 1891, in-18, cart. dos et coins de mar. bleu, dos orné et mosaïqué, fil., tête dor., non rog., couv. illust. en coul. (*Carayon*).

> Exemplaire tiré sur **papier vélin** et non mis dans le commerce.
> Envoi autographe de l'éditeur.

56. **Musset** (Alfred de). Histoire d'un Merle blanc. Compositions originales de Giacomelli, gravées au burin et à l'eau-forte par L. Boisson. *Paris, Librairie L. Conquet, L. Carteret et Cie, succ^{rs},* 1904, gr. in-8, cart. dos et coins de mar. bleu, dos orné et mosaïqué, fil., tête dor., non rog., couv. illust. (*Champs-Stroobants*).

> Tirage unique à **200** exemplaires de grand luxe sur **papier vélin** à la forme.
> **Aquarelle originale** de **H. Giacomelli**, l'illustrateur du livre.

57. **MUSSET** (Alfred de). Suite des 29 compositions de Giacomelli, gravées par L. Boisson pour illustrer l' « **Histoire d'un Merle Blanc** ». *Paris, L. Carteret et Cie,* 1904 ; épreuves d'artiste à toutes marges montées sur onglets en 1 album gr. in-4, cart. dos et coins de mar. bleu, dos mosaïqué, fil., non rog., couv. illust. (*Champs-Stroobants*).

> Exemplaire du graveur, tiré sur vélin du Marais.
> **Epreuves d'artiste**, en **2 états**, dont **l'eau-forte pure**, avec la signature du graveur.

58. **MUSSET** (Alfred de). Suite des 29 compositions de Giacomelli, gravées par L. Boisson, pour illustrer l' « **Histoire d'un Merle Blanc** » ; *Paris, L. Carteret el Cie*, 1904 ; épreuves d'artiste avec signature du graveur, montées sur onglets en 1 album gr. in-4, cart. dos et coins de mar. bleu, non rog., couv. illust. (*Champs-Stroobants*).

L'un des **5** collections tirées sur **Chine appliqué** (n° 4) en **2 états** dont l'eau-forte pure.

59. **Musset** (Alfred de). Nouvelles. — Les Deux maîtresses ; Emmeline ; le fils du Titien ; Frédéric et Bernerette ; Pierre et Camille. — Nouvelle édition illustrée de un portrait gravé par Burney et de 15 compositions de F. Flameng et O. Cortazzo, gravées à l'eau-forte par Mordant et Lucas. *Paris, L. Conquel*, 1887, in-8 jésus, demi-rel. dos et coins de mar. bleu, dos orné et mosaïq., fil., tête dor., non rog., couv. (*Champs*).

Exemplaire tiré sur **papier vélin**, et contenant la planche refusée d' « *Emmeline* »

60. **Musset** (Alfred de). On ne badine pas avec l'Amour, proverbe en trois actes, orné d'une couverture illustrée et de 35 lithographies originales par Louis Morin. *Paris, L. Carterel el Cie*, 1904, gr. in-8, demi-rel. dos et coins de mar. bleu clair, dos orné et mosaïq., fil. tête

dor., non rog., couv. illust. en coul. (*Champs-Stroobants*).

> Tirage unique à **200** exemplaires de grand luxe sur **papier vélin du Marais** à la forme. On y a joint les « Etrennes aux souscripteurs », plaquette ornée de 8 lithographies ne se trouvant pas dans l'édition.
> Envoi autographe de l'éditeur.

61. **Quevedo** (Francisco de). Pablo de Ségovie el grand tacano, traduit par J.-H. Rosny, illustré de cent vingt dessins, par Daniel Vierge, reproduits par l'héliogravure avec retouche des cuivres par l'artiste. — Etude sur Daniel Vierge, par Roger Marx (édition définitive), *Paris, E. Pelletan. — D. Vierge*, 1902, in-4, cart. dos et coins de mar. rouge, dos orné et mosaïqué, fil., non rog., couv. (*Stroobants*).

> L'un des **100** exemplaires tirés sur **papier de Chine** (n° 66) enrichi d'une suite de quatre aquarelles originales inédites de Daniel Vierge, gravées à l'eau-forte par Georges Noyon, épreuves en **3 états**, sur Chine, dont l'eau-forte pure.

62. **RENAN** (Ernest). **Le Broyeur de Lin**. Avec préface des Souvenirs d'enfance et de jeunesse. Vingt-sept eaux-fortes originales de Ed. Rudaux. *Paris, L. Carteret et C*le, 1901, in-8, cart. dos et coins de mar. bleu, dos orné, fil., non rog., couv. illust. en coul. (*Carayon*).

> Exemplaire tiré sur **papier du Japon**, enrichi d'une très-jolie **aquarelle originale** de **E. Rudaux**, l'illustrateur du livre, et de 2 lettres autographes signées du même.

63. Rostand (Edmond). Cyrano de Bergerac, drame en cinq actes. Illustré par MM. Besnard, Flameng, Albert Laurens, Léandre, Adrien Moreau, Thévenot, gravé par A. Romagnol. *Paris, A. Magnier,* 1899, in-4, cart. dos et coins de mar. orange, dos orné, fil., non rog., couv. illust. (*Carayon*).

> Exemplaire tiré sur **papier vélin de cuve**, contenant les illustrations en **3 états**, sur Chine (avant la lettre) et sur vélin (avec la lettre).

64. Sand (George). François le Champi. Couverture illustrée et 31 compositions par A. Robaudi, gravées au burin et à l'eau-forte par Henri Manesse. *Paris, L. Carteret et Cie,* 1905, in-8 jésus, cart. dos et coins de mar. bleu, dos orné et mosaïqué, fil., tête dor., non rog., couv. illust. en coul. (*Champs-Stroobants*).

> L'un des exemplaires tirés sur **papier du Japon**, contenant les illustrations en **2 états** (avant la lettre et avec la lettre).
> Envoi autographe de l'éditeur.

65. Scarlet Letter. Suite des compositions en couleurs, gravées par L. Boisson ; épreuves d'artiste, montées sur onglets en 1 album in-4, cart. dos et coins de mar. rouge, dos mosaïq., fil., non rog. (*Stroobants*).

> Collection d'épreuves d'artiste en **2 états** (11 pl.) et 1 état (1 pl.) montées sur blanc.
> **Ensemble : 23 pièces**.

66. **Schneider** (Louis). Massenet. L'Homme. Le Musicien. Illustrations et documents inédits. *Paris, L. Carteret*, 1908, in-4, portr. et nombr. illustrations, cart. dos et coins de mar. bleu-clair, dos orné, non rog., couv. illust. en coul. (*Champs-Stroobants*).

L'un des exemplaires tirés sur **papier du Japon**, avec le portrait en double-épreuve.

67. **STAAL** (Mme de). **Mémoires de Madame de Staal** (Mademoiselle Delaunay). Un portrait et trente compositions de C. Delort, gravés au burin et à l'eau-forte par L. Boisson, préface de R. Vallery-Radot. *Paris, L. Conquet*, 1891, in-8, cart. dos et coins de mar. bleu, fleuron doré sur le dos, non rog., couv. illust. (*Carayon*).

Exemplaire du graveur, tiré sur **papier du Japon**, contenant les illustrations en **3 états**, dont l'eau-forte pure.

68. **STAAL** (Mme de). Suite des compositions de C. Delort, gravées à l'eau-forte par L. Boisson, pour l'illustration des « **Mémoires** » ; édition. *Paris, L. Conquet*, 1891 : épreuves d'artiste à toutes marges sur vélin et sur Chine collé sur Hollande, montées sur onglets en 1 album gr. in-4, cart. dos et coins de mar. bleu, non rog. (*Carayon*).

Épreuves d'artiste en **2. 3. 4 et 5 états**, avec signature du graveur.
Ensemble : 135 pièces.

69. **Theuriet** (André). Les Œillets de Kerlaz.
Edition originale illustrée de 4 eaux-fortes de
Rudaux, de 8 en-têtes et culs-de-lampe de
Giacomelli, gravés par T. de Mare. *Paris,
L. Conquet*, 1885, in-16, pap. vergé du Marais,
cart. dos et coins de mar. bleu, dos orné et
mosaïq., fil., non rog., couv. (*Carayon*).

Envoi autographe de l'éditeur.

70. **Vigny** (A. de). Servitude et Grandeur mili-
taires. Compositions de Albert Dawant et
Jean-Paul Laurens, eaux-fortes de Louis
Muller, Champollion et Decisy. *Paris, Magnier*, 1898, 2 vol. in-8, titre rouge et noir,
demi-rel. dos et coins de mar. rouge, dos ornés
et mosaïq., fil. non rog., couv. illust. (*Champs-
Stroobants*).

71. **Vogüé** (Vicomte Eugène-Mélchior de). Le
Manteau de Joseph Olénine. Portrait gravé
par A. Lamotte. *Paris, L. Conquet*, 1889, in-
16, cart. dos et coins de mar. rouge, dos orné,
fil., tête dor., non rog., couv. (*Carayon*).

L'un des exemplaires tirés sur **papier vélin du Marais**.
Envoi autographe de l'éditeur.

Arras. — Imp. SCHOUTHEER FRÈRES, 59, rue des Trois-Visages